MÉMOIRE

POUR

M. ANTOINE JOBAL,

Commandant en chef à Tabago, en l'absence de M. DILLON, Gouverneur.

A PARIS,

Chez BAUDOUIN, Imprimeur de l'Assemblée Nationale.

1791.

MÉMOIRE

POUR M. ANTOINE JOBAL,
Commandant en chef à Tabago,
en l'abſence de M. DILLON,
Gouverneur.

LA famille de M. Jobal vient d'apprendre que de vils intrigans, couverts de honte, & flétris dans l'opinion publique, & par la loi à Tabago, femoient avec profuſion dans la capitale d'infames libelles contre ſon parent : elle vient d'être inſtruite que la criminelle coalition de ces libelliſtes avoit ſurpris à trente ſections de Paris un arrêté tendant à dénoncer M. Jobal à l'Aſſemblée nationale, comme criminel de lèſe-nation. Voilà les trames odieuſes, les productions ténébreuſes qu'elle dénonce à la nation, en attendant que M. Jobal publie lui-même ſa juſtification, & pourſuive les calomniateurs.

Les auteurs de tant d'iniquités ſont les ſieurs Grelier, Guys, Boſq, & M. Jobal eſt encore

menacé de pluſieurs mémoires de la part des
ſieurs Dechacel, le Borgne & autres.

Nous aurions deſiré répandre beaucoup de
clarté ſur toutes ces horreurs ; mais n'ayant pu
nous procurer que trois de ces mémoires, &
ne pouvant obtenir aucuns renſeignemens ſur
les charges & accuſations qu'ils renferment, nous
nous bornerons à jeter un coup-d'œil rapide ſur
l'état actuel des choſes. Nous ferons quelques
obſervations ſur le mémoire du ſieur Boſq, qui
paroît ſe charger particulièrement du rôle de
calomniateur banal, & nous les puiſerons dans
ſes accuſations même.

M. Jobal eſt à 1500 lieues de Paris, tran-
quille au milieu des habitans qu'il gouverne,
jouiſſant de leur eſtime & de leur conſidération ;
la colonie jouit elle-même, depuis le départ
de ces calomniateurs, du calme heureux qui lui
eſt ſi néceſſaire après tant de jours orageux : &
des menées ſourdes, des ennemis perſonnels de
M. Jobal, le peignent à Paris comme un deſ-
pote effréné. Cet ami de la conſtitution peut-il
douter qu'il eſt ſur le point d'être cité au tribunal auguſte de l'Aſſemblée nationale comme
un tyran ?

Ce n'eſt point une grace que nous ſollicitons
pour M. Jobal ; c'eſt *juſtice* rigoureuſe. S'il
a des torts, il faut qu'il les répare, mais s'il eſt
calomnié, il faut punir les calomniateurs.

Si, au lieu de marcher ainſi dans les ténèbres,
ſes ennemis euſſent pu faire entendre leurs
voix contradictoirement, déja M. Jobal jouiroit

du bonheur de les voir vaincus. Ils redoutoient un adverfaire, & voilà pourquoi ils lui ont tout caché : & lorfque le fieur Bofq trame, manœuvre ainfi dans le fecret, il demande bravement à l'Affemblée nationale d'être puni avec févérité fi fes accufations font injuftes. L'homme intaét & honnête prend une marche plus loyale & plus franche.

D'abord nous pourrions affurer que, lorfque les calomniateurs feront connus ; quand leurs mœurs, leur conduite & leurs aétions feront dévoilées au grand jour ; quand le menfonge fera remplacé par la vérité, la honte & les remords fuccéderont bientôt à leurs infultantes déclamations. Bientôt les trente feétions de Paris auront à fe reprocher leur étonnante démarche. Nous affurons avec confiance qu'elles feront indignées d'avoir ainfi été trompées ; mais laiffons à M. Jobal ce foin qu'il acquittera viétorieufement.

Plaçons ici quelques idées générales. Les nouvelles de la deftruétion des trois ordres & de l'anéantiffement des privilégiés parvinrent à Tabago, à la même époque que dans les autres ifles du vent. M. Jobal prouvera qu'il manifefta dans toute la colonie les délicieufes fenfations qu'elles opérèrent dans fon ame. Le ferment civique fut prêté le 28 oétobre ; M. Jobal prononça un difcours, imprimé dans les gazettes de la colonie, où refpire le plus pur feu du patriotifme ; il diftribua des cocardes nationales qui furent arborées, & tous les gens fages & honnêtes béniffant les travaux immortels de nos

légiflateurs, attendoient dans une parfaite fécu-
rité les heureux bienfaits de la révolution.

Nous ne tracerons point ici les faits qui ont
fuivi ces fêtes patriotiques, jufqu'à l'incendie qui
a réduit en cendres la feule ville qui exiftoit
dans la colonie : il y en a de fi graves, de fi
importans, & de fi extraordinaires, qu'ils au-
roient befoin d'être accompagnés des preuves les
plus authentiques pour être crus. Nous efpérons
que les commiffaires qui iront à Tabago, en
vertu du décret de l'Affemblée nationale, du
            dernier, rapporteront un détail exaɛt
& fidèle de toutes les circonftances de cette affaire, & qu'alors la nation entière reconnoîtra
les véritables ennemis du bien public. Nous
avançons hardiment que ceux qui pourfuivent
maintenant M. Jobal dans l'ombre du myf-
tère, redoutent beaucoup ces lumières ; & déja
ils géminent d'efforts en fecret, pour faire en-
lever à la connoiffance defdits commiffaires cet
objet férieux de leur miffion.

En attendant que le jour éclatant de la vérité
perce les nuages d'iniquités dans lefquels s'en-
veloppent les adverfaires de M. Jobal, voyons
donc le mémoire de Bofq. Il eft divifé en fept
chefs.

Sur le premier chef, tout homme impartial
juge au fimple coup-d'œil, que l'emprifonnement
fubit du fieur Rurhie ne peut avoir pour unique
motif une erreur de *quelques fous* fur le prix
d'une pièce de toile, erreur qu'il offroit même à
fa vendereffe de réparer ; & que, dans cette affaire, le fieur Bofq, avocat, a dû fon empri-

fonnement à toute autre caufe, qu'à fon zèle à défendre le fieur Ruthie. Ce récit du fieur Bofq a évidemment befoin d'un fupplément, & c'eft à l'accufé à le donner.

Vainement il fe prévaut contre l'emprifonnement du fieur Ruthie, de la loi d'*habeas corpus*. Dans le gouvernement anglois, cette loi ne peut être exercée qu'en faveur des citoyens ou des étrangers qui donnent caution, & mettent un homme à leur place. Le fieur Ruthie étoit-il dans ce cas-là? Le mémoire n'en dit rien; fon filence peut faire augurer le contraire. En tout cas, c'eft fur les lieux que l'information doit en être faite. De tout temps, fuivant M. de Bouillé, ci-devant gouverneur-général des ifles-du-vent, les gouverneurs françois ont été autorifés à emprifonner, & même à renvoyer de la colonie, les gens fans propriété & fans domicile, quand ils y troubloient l'ordre public; & c'eft, fuivant ce même général, à l'inobfervation de cette règle févère, mais confervatrice, qu'il faut attribuer le défordre actuel de nos colonies, & l'incendie de Tabago.

Le fecond chef d'accufation, concernant le jugement de la cour de chancellerie, du 8 juillet 1789, eft on ne peut pas plus mal fondé. Le moyen de nullité du fieur Bofq confifte dans une miférable équivoque. *Cette cour*, aux termes de l'acte de légiflation cité par lui, *doit être tenue par trois juges conjointement & enfemble*. Mais cette indivifibilité des trois juges pour la *tenue* ou affiftance, emporte-t-elle l'indivifibilité d'opinions? Le fieur Bofq le prétend. L'acte de législation ne le dit pas. Dans ce cas, l'opinion de deux juges doit l'emporter, & le jugement rendu est bon.

Sur le troisième chef, contenant une demande en caffation d'un jugement de la cour de commiffion, du 15 juillet 1789, & d'un jugement de la cour d'oyer & terminer, du lendemain 16, il ne fait connoître aucun des moyens de nullité fur lefquels il s'appuie. Il fe réfère feulement à ceux que M. de Saint-Laurent a relevés dans un mémoire qu'il lui a communiqué, & dont il a remis l'extrait à M. le rapporteur, fans le publier. Comment donc y répondre ? Quelle manière d'attaquer !

On ne peut cependant s'empêcher d'obferver, fur le fecond jugement, que les grands jurés ayant, au dire du fieur Bofq, non-feulement *refufé de prendre cennoiffance de la requéte* du fieur Fouquet, fon client, ainfi qu'ils y étoient *invités* par le commandant ; mais *l'ayant encore condamné, à titre de grace, à demander pardon à genoux, à une des féances de la cour de commiffion*, il faut qu'ils l'aient trouvé bien coupable. Il paroît qu'il y a, de la part du fieur Bofq, une réticence en faveur de fon client. Les grands jurés font trop intéreffés à la révéler, pour qu'ils ne foient pas entendus. Le commandant de Tabago prouvera que ce fieur Fouquet a déja été caffé quatre fois, & tout récemment encore par le fieur de Saint-Laurent, pour vols & infidélités dans fa place de vifiteur du domaine.

Dans le quatrième & le feptième chefs, il accufe le commandant de Tabago fur la même matière, d'avoir agi & de n'avoir pas agi ; d'avoir rendu justice & de l'avoir refusée : & malgré cette contradiction choquante, il n'en conclut pas moins contre lui, sur l'un & l'autre chef, à dix mille livres tournois d'amende ou de dommages & intérêts. On ne le croiroit pas. Il faut donc rapprocher ces deux griefs, en s'écartant de l'ordre du mémoire.

Le sieur Bosq, dans le quatrième chef, lui reproche d'avoir donné différens *ordres de payer, ou de garder prison, sur la moindre réclamation* qui lui étoit adressée, *malgré*, dit-il, *que les gouverneurs de colonies ne pussent s'immiscer dans aucune affaire contentieuse, civile, ou criminelle regardant les habitans.*

Il cite mal-adroitement à l'appui de cette accusation un écrit du commandant, qui, après lui avoir ordonné de payer sous huit jours un billet à vue, l'avertit *de ne pas venir le tourmenter pour obtenir plus de temps.* On ne donne pas ordinairement, sans en avoir éprouvé déja la nécessité, un pareil avertissement. Le sieur Bosq, avocat, s'écartoit donc aussi, comme les autres habitans, de la prétendue jurisprudence des colonies, en s'adressant lui-même au commandant dans une *affaire civile*; en le *tourmentant* même pour s'en mêler : & il fait à ce commandant un grief de l'objet même de son importunité. Quelle inconséquence ! Mais voici une contradiction formelle.

Dans le septième chef, il lui fait un grief, qu'il qualifie de *déni de justice*, pour n'avoir pas répondu à une lettre que lui Bosq, quoiqu'in-

A 4

terdit de ſes fonctions d'avocat, lui écrivit pour réclamer ſon ſecours ; lettre qu'il lui fit préſenter enſuite, ſans plus de ſuccès, par ſon client. L'objet de cette lettre étoit bien certainement une matière contentieuſe, puiſqu'il y étoit queſtion de faire reſtituer à des Indiens ou des Caraïbes rouges, des portions de terre cultivées qui venoient de leur être enlevées, ſous prétexte d'uſurpation, par le nouvel acquéreur d'une habitation voiſine. Le ſieur Boſq n'en a pas moins engagé le chef de ces Indiens à conſtater devant un juge de paix la remiſe de ſa lettre & le déni de juſtice.

Au fond, il paroît que le commandant n'a pas dû faire droit ſur la plainte de ces Caraïbes, d'après une ſimple lettre d'un avocat, & d'un avocat interdit ; d'autant qu'il a été établi dans cette colonie un tribunal particulier, pour juger ſouverainement les procès en matière de conceſſion, & de réunion de terres concédées. La ſeule voie à ſuivre étoit de préſenter requête à ce tribunal.

Le ſieur Boſq établit ſon cinquième chef d'accuſation ſur un fait particulier au ſieur de Saint-Léger. Il le rapporte, dit-il, pour faire connoître à l'Aſſemblée nationale *l'enſemble des horreurs que les citoyens de Tabago ont éprouvées de ce commandant ;* & néanmoins ſur cette *horreur* iſolée il ne prend aucune concluſion, quoique, ſur le troiſième & le ſeptième chefs, il en ait pris dans des affaires qui lui étoient auſſi étrangères, & pour des cliens qui, à coup ſûr, l'intéreſſoient moins que le ſieur de Saint-

Léger. . . . Le fieur de Saint-Léger n'en prend lui-même aucune dans fon mémoire: il fe contente d'y parler vaguement *des abus d'autorité & des actes de defpotifme exercés par M. Jobal contre plufieurs citoyens, qui porteront fans doute leurs plaintes devant l'augufte Affemblée.*

Au cas que le fieur de Saint-Léger y porte la fienne, fur la prétendue violence qu'il a éprouvée comme tréforier, on lui dira qu'en cette qualité il étoit aux ordres du commandant en chef de Tabago. Suivant la légiflation angloife, qui y a été maintenue dans fon entier par M. de Bouillé, & qui s'y obferve encore dans tous les points où il n'y a pas eu de dérogation poftérieure à la capitulation, le commandant a, non-feulement les pouvoirs du chancelier d'Angleterre, mais encore ceux du chef de la tréforerie. A ce titre, il a pu, fur le refus du fieur de Saint-Léger, employer contre lui des actes d'autorité, foit pour la reddition des comptes, foit pour tout autre cas concernant le fervice.

Enfin, le fixième chef, concernant l'interdiction pendant fix mois, du fieur Bofq, avocat, puis la radiation de fon nom du tableau des avocats de toutes les cours exiftantes à Tabago, fournit, d'après fon récit même, des moyens qui le détruifent entièrement. Il cite une lettre de M. de Fontallart, ingénieur en chef de Tabago, qui lui reproche d'avoir *rempli de phrafes offenfantes contre le commandant, l'acte de proteftation qu'il a adreffé* le 14 feptembre 1789, au nom du fieur Lyon, au fujet d'un arpentage du fieur Vidal, qui privoit celui-ci, par ordre du commandant, de quarante-quatre acres de terre dont il évaluoit les dommages. Il l'engage *à changer ou à supprimer* ces phrafes, en l'affurant que cet arpentage eft fon propre ouvrage ; qu'il l'a vérifié lui-même d'après le plan arrêté le 9 mai précédent, par le comte Dillon ; & que ce général a réglé l'indemnité de deux mœdes & demie par acre de terre, que le fieur Lyon feroit obligé d'abandonner.

Le fieur Bofq n'a tenu aucun compte de cet avertiffement. En conféquence, il a été mandé le 15 feptembre à la cour du gouvernement, où on lui a fait lecture d'un jugement, qui, *pour avoir manqué de réfpect à M. le commandant, dans les proteftations du fieur Lyon, l'interdit de fes fonctions d'avocat, pour fix mois.* Au lieu de fe foumettre à cette interdiction bien méritée (qui depuis avoit été reftreinte à un mois), il fe préfente le 28 feptembre, à la cour de chancellerie, en robe d'avocat ; il y prend fa place ordinaire. Il fubit alors un fecond jugement, qui prononce la radiation de fon nom du tableau des avocats. Une *hardieffe* auffi foutenue étoit digne de l'animadverfion de la loi. Le commandant auroit, en féviffant, contrevenu aux formes, que le fieur Bofq n'en feroit pas moins blâmable, & déchu du droit de répéter des indemnités. Mais on n'abandonnera pas ces deux jugemens à la cenfure du fieur Bofq.

Il eft certain, fuivant les loix angloifes qui ont été confervées à Tabago, & qui, comme on l'a déja dit, font fuivies dans tout ce qui

n'a pas été changé par de nouvelles lois , que
le gouverneur , & , en fon abfence , le commandant en chef peut interdire un avocat , comme
repréfentant feul le roi , & ayant tous les pouvoirs du chancelier.

Le défaut de *qualité* que le fieur Bofq reproche au gréffier Fadeuilhe , pour avoir été
nommé par le commandant feul , fans l'adjonc-
tion de l'ordonnateur , a été couvert , fi c'en eft
un , par le filence de cet ordonnateur fiégeant à
la cour de gouvernement.

Le jugement de la cour de chancellerie , tou-
chant la radiation du fieur Bofq du tableau des
avocats , a été rendu *de l'avis du fieur Vilfon ,
confeiller fiégeant* , ainfi que le porte le regiftre ,
*en attendant l'ordre du roi , d'après le compte
rendu au miniftre par le commandant.* Et ce
jugement eft d'autant plus fondé , que , fuivant
le même regiftre , le fieur Bofq *n'avoit de commiffion d'avocat que de M. de Saint-Laurent &
de M. Jobal.* Le concours de ces deux admi-
niftrateurs venant à ceffer par le changement
d'un feul à l'égard de cette commiffion , elle de-
venoit nulle.

L'ordonnance civile de 1667 , fur les ajour-
nemens & fur les délais des affignations , ne
peut être appliquée , comme l'on voit , au cas
préfent , non plus que les formes ufitées dans
les cours angloifes au fujet des bils de plainte.

Enfin , ce que peuvent dire les inftructions de
fa majefté britannique aux gouverneurs de Tabago , & celles du roi de France à MM. de Dil-

lon & de Saint-Laurent, relativement *aux officiers de juſtice*, ne regarde point le ſieur Boſq, attendu qu'un avocat, & un avocat à ſimple commiſſion, n'eſt pas proprement un officier de juſtice.

Indépendamment de toutes ces raiſons particulières à chaque chef d'accuſation, il en eſt de générales qu'on ne peut omettre, & qui ſont de nature à produire ſeules tout le ſuccès qu'on attend de ce mémoire.

Les jugemens émanés de différens tribunaux, dont le ſieur Boſq demande la caſſation, n'ont pas été rendus par le commandant ſeul, mais par le commandant, comme préſident, & par les juges dont il a été aſſiſté. Celui de la cour d'oyer & terminer l'a été par les ſeuls grands-jurés, *qui ont enchéri*, dit le ſieur Boſq, *ſur la barbarie de M. Jobal.* Le commandant, les juges & les grands jurés ne ſeroient pas les ſeuls compromis par la caſſation de ces jugemens. De ce nombre ſeroient encore M. de Fontallart, ingénieur en chef de Tabago; M. de Dillon, dont il a reçu & ſuivi les ordres; pluſieurs particuliers intéreſſés dans les différens procès qui y ont donné lieu, tels que le ſieur Vidal, arpenteur; le ſieur Carminus de Vita, habitant propriétaire; un juge de la cour de commiſſion, & un frère de la Charité.

Tant d'intérêts méritent bien d'entrer en balance avec ceux du ſieur Boſq & de trois de ſes cliens. On ne croira jamais que, dans des affaires compliquées & foumifes à une jurifprudence, non-feulement étrangère, mais particulière (1) à l'ifle de Tabago, l'affemblée coloniale condamne fans exception tous les tribunaux de cette colonie, fans leur avoir demandé les motifs de leurs jugemens; & qu'elle veuille facrifier & les corps & les particuliers, fans les entendre, à la vengeance de quelques perfonnages fufpects ou flétris dans l'opinion.

A la tête des perfonnages *fufpects* on doit placer le fieur de Chancel, procureur-général de Tabago. Ce n'eft pas fans raifon que le fieur Bofq, dans fes conclufions, invoque fon intervention dans fon mémoire. On ne renverra pas à l'écrit vigoureux de M. de Viderfpach, officier au régiment de la Guadeloupe.

Il ne faut que lire l'extrait de la féance de la cour de chancellerie, du 28 feptembre 1789, rapporté par le fieur Bofq, pour fe convaincre qu'à Tabago même, & jufque dans le lieu des féances des tribunaux, M. de Chancel étoit déja accufé hautement & publiquement par le commandant, *de s'entendre avec d'autres intrigans pour le contrecarrer en tout.* Il a configné fur les regiftres de cette cour le reproche qu'il leur a fait de l'*indécence* avec laquelle ils *foutenoient* le fieur Bofq, &

---

(1) *Les François vivans à Tabago n'ont aucun rapport, pour l'organifation intérieure de leur colonie, avec les autres Antilles*, dit le fieur Bosq dans fon mémoire.

l'avoient engagé à une démarche auſſi déplacée, que celle de ſe préſenter en avocat, malgré ſon interdiction, *dans un lieu ſi reſpectable* ; ainſi que *l'eſpérance qu'il avoit que le roi mettroit ordre à ce manque d'égards & de reſpect dû à ſa place par tous les individus.* Sont-ce là des hommes impartiaux & déſintéreſſés, ſur la foi deſquels on puiſſe juger ? ou plutôt ne ſont-ce pas là les ennemis déclarés & les adverſaires même du commandant de Tabago ?

Le ſieur Boſq a publié un ſecond mémoire très-volumineux, où il ſe plaint d'un jugement de la cour d'oyer & terminer rendu contre lui le 16 novembre 1789, par lequel il a été condamné à ſix mois d'empriſonnement, & à être mis enſuite *au carcan* pendant une heure.

Dans l'accès de la rage & du délire auxquels il s'abandonne, il vomit les injures les plus atroces contre ſept de ſes juges, qu'il traite *d'abominables, de pervers, de prévaricateurs* & *de monſtres* (pag. 39 & 41) ; contre leur jugement, qu'il appelle *le comble de l'aveuglement, de l'ineptie, d'une frénéſie inouie* (pag. 52) ; contre le tribunal même, qu'il ne qualifie de *cour ſouveraine,* que pour faire reſſortir le *crime* qu'il lui impute d'avoir *conſigné dans ſes minutes* (ibid.) ; contre le commandant, les officiers de la garniſon, & les membres de l'ancien comité miniſtériel, qu'il accuſe d'être *les ennemis de la conſtitution & du bien public* (page 45.)

Parmi les objets de ſa haine, le commandant eſt celui auquel il s'attache de préférence. Avant que d'entrer dans la diſcuſſion de ſon affaire, il

revient avec complaifance fur l'impreffion qu'a
dû faire fon premier mémoire au fujet de *l'ef-
clavage cruel* fous lequel il prétend que ce commandant avoit réduit les François à Tabago. Il
empoifonne jufqu'aux fêtes patriotiques que cet
officier donna avec magnificence à toute la colonie, pour célébrer avec elle, par l'union de
toutes les claffes, la régénération de la liberté
françoife; fêtes brillantes dont la gazette de
Tabago donna dans le temps des détails fi at-
tendriffans, & que lui feul ofe traiter d'*appâts
trompeurs* & de *perfides complots*. Il lui prêta à
ce fujet des intentions auffi coupables qu'abfur-
des, fuppofe des *ordres inhumains* donnés par
lui *aux foldats de la garnifon*, & ne rougit pas
de dire que *c'eft à eux feuls que les honnêtes citoyens doivent la vie, & de n'avoir pas été immolés*
ce jour-là *à la fureur ariftocratique* (pag. 29.)

D'après un pareil début, doit-on s'étonner
qu'il reproche à ce commandant d'avoir fecondé
la requifition que lui fit le comité miniftériel,
le 3 novembre 1789, pour le faire arrêter; d'a-
voir proclamé le 5 du même mois, pour le 12
fuivant, une cour criminelle où devoit s'inftruire
fon procès; & d'avoir fait mettre à exécution
le jugement qui s'eft enfuivi? C'eft pour avoir
rempli les devoirs de fa place, qu'il attaque *fon
patriotifme* (pag. 29), & qu'il l'appelle *le com-
plice de fes juges* (pag. 53). Il lui fait un crime
de *l'avoir fait jeter parmi des fauvages*, (lorfqu'il
profita de l'alternative que lui laiffoit fon jugement, de fortir de l'ifle au bout de fix femaines
de prifon, en prêtant le ferment de n'y revenir

jamais) & cependant il avoue lui-même, *qu'ayant eu le choix de la Nouvelle-Angleterre ou de la Barbade, il demanda au commandant de le faire partir pour la Trinité espagnôle; ce qu'il lui accorda.* Et il se plaint d'y avoir été conduit!

Voilà, d'après le mémoire du Sr. Bosq, toute la part que le commandant de Tabago a eue à ce dernier jugement rendu contre lui: les actes que celui-ci a signés, le serment qu'il a prêté, la vente de sa maison, l'expoliation de son mobilier sont des faits absolument étrangers à ce commandant; sa détention même en prison & son exil à la Trinité espagnole sont des actes d'un ministère forcé: n'importe, il le place dans ses conclusions, à la tête de ceux contre lesquels il se croit fondé par tous les motifs qui viennent d'être énoncés, à demander deux cents mille livres tournois, pour lui tenir lieu de réparations civiles, dépens & dommages intérêts, sans préjudice des peines à prononcer contre les accusés, *pour la vindicte publique.*

Il n'eût fallu que ce seul trait pour peindre l'injustice, ou plutôt l'extravagance des plaintes portées par le Sr. Bosq, contre le commandant de Tabago.

Puisque l'on est réduit dans ce moment-ci à combattre le Sr. Bosq & le Sr. de St.-Léger, par leurs propres écrits, on va relever encore quelques traits de leurs mémoires.

Le Sr. Bosq, après avoir dit, (pag. 52 du second mémoire) que le crime (de son jugement) étoit réservé à quelques écossois, ajoute:

» A

» A Dieu ne plaife que je comprenne dans
» mes accufations, tous ceux qui exiftent à
» Tabago. *Je fuis perfuadé au contraire qu'ils
» défavoueroient authentiquement la conduite de
» ces juges iniques, s'ils étoient appelés en témoi-*
» *gnage.* » Ah ! Monfieur Bofq, puifque vous
êtes fi perfuadé de ce défaveu, appelez - les
donc en témoignage, & vous, Monfieur de Saint-
Léger, qui êtes fi fûr *de l'approbation de l'affemblée coloniale & de vos concitoyens*, appelez-
les donc auffi en témoignage, *afin d'ôter toute
reffource aux ames méchantes & jaloufes qui
vous calomnient.* Cette épreuve fera plus digne
de croyance, que l'explication que vous vous
êtes empreffé de donner, *des caufes qui vous
ont procuré la confiance du foldat*).

Mais qu'ai-je befoin de témoins ? s'écrie auffi-
tôt le Sr. Bofq. « Toutes les preuves ne font-
» elles pas remifes à l'Affemblée nationale, ou
» rapportées à la fuite de ce mémoire ? Les
» témoins font actuellement à Paris, j'en donne
» la lifte. (*ibid.*) Ah ! s'il en eft des preuves
du Sr. Bofq, comme de fes témoins, elles font
bien fufpectes : on eft très-fondé à en demander
la vérification.

C'eft dans le même efprit que le Sr. de Saint-
Léger parle de *fon impartialité reconnue,* & de
fon expofé fidèle des faits depuis le 6 Février
1790, jufqu'au 17 Mai. Il avoit trop d'intérêt
à donner le change à l'Affemblée nationale,
fur l'origine des infurrections & des malheurs
qui ont affligé l'ifle de Tabago, pour lui en
faire connoître les véritables caufes. Le Sr. Bofq,

Mémoire pour le fieur Jobal.   B

a auſſi trop de raiſons de craindre les en-
quêtes qui feroient faites ſur les lieux, pour
deſirer d'autres témoins que ceux qu'il produit
lui-même.

Y a-t-il au premier coup-d'œil rien de plus
favorable, de plus flatteur même pour le Sr.
de Saint-Léger, que le congé que lui ont donné
les adminiſtrateurs de Tabago, & la lettre qu'ils
ont écrite au miniſtre de la marine au ſujet de
ſon départ & de l'embarquement des troupes,
dont ils lui ont également donné copie ? Eh
bien! ces actes dont il ſe glorifie, tout authentiques qu'ils ſont, ne méritent aucune foi. La
crainte, la crainte ſeule les a dictés; cela s'ex-
plique en deux mots. Le Sr. de Saint-Léger
étoit alors à la tête de la troupe mutinée : &
c'étoit le lendemain de la fatale cataſtrophe qui
avoit mis le port Louis en cendres. Le commandant s'eſtima trop heureux de ſe délivrer
avec des complimens de ces *militaires patriotes*,
& de celui que trois jours auparavant ils avoient
proclamé *chef de la nation de Tabago*. Auſſi
le miniſtre de la marine ne s'y trompa point; il
attendit & reçut en effet des dépêches ultérieures,
qui lui donnèrent l'explication des premières,
en lui détaillant les circonſtances & les cauſes
des malheurs de la colonie.

Voilà ce qu'il plaît au Sr. de Saint-Léger
d'appeler *une accuſation ſourde*: il croit l'avoir
repouſſée, en partant comme d'un trophée de
gloire, des propoſitions par écrit faites aux ſoldats pour repaſſer en France, & de la demande
des ſoldats pour être accompagnés de M. de

Saint-Léger; ces pièces, dit-il, *font entre les mains de MM. du comité des colonies.* Qu'on leur demande donc ces pièces pour les confulter; ce que le Sr. de Saint-Léger nous apprend des premières décèle, de la part de ceux qui les ont rédigées, plus de crainte que de confiance. Mais dès qu'il y trouve *la preuve que les accufateurs des foldats euffent été démentis dans le lieu de l'incendie, par ceux même qui an ont été les victimes,* qu'on les interroge donc auffi ces nombreufes victimes fur les auteurs de leurs maux.

Libres aujourd'hui *de fe plaindre,* & n'ayant plus *à frémir au feul nom de leur commandant,* (pag. 3 du fecond mémoire du Sr. Bofq) *qui compromettoit journellement leur honneur & leur état,* & qui *a préparé leurs malheurs,* (mémoires de Saint-Léger) les infortunés citoyens de Tabago dénonceront fans doute cet *orgueilleux defpote,* (premier mémoire du Sr. Bofq) dans la certitude d'en être délivrés. Ils redemanderont à grands cris *un patriote innocent & perfécuté,* comme le Sr. Bofq ; la colonie entière prouvera bientôt cet impudent menfonge, que *l'infubordination des troupes & l'incendie ont déja vengé,* (fecond mémoire du Sr. Bofq , pag. 45) un bienfaiteur auffi cher que le Sr. de Saint-Léger, qui leur *rendroit des fervices journaliers & toujours gratuits* (mémoires de Saint-Léger) quoiqu'interprète & tréforier de la colonie, qui *avoit rétabli l'ordre & la paix parmi eux ;* (*ibid.*) encore bien qu'il fût à la tête des rebelles, qui, en allant à Paris, *n'a eu d'autre ambition que de leur être utile,* & qui fur-tout *eft aimé des ames honnêtes.* (*ibid.*)

Si tel n'eſt point le réſultat de l'enquête, les Sieurs Boſq & Saint-Léger ſont des impoſteurs & de vrais calomniateurs.

Cette information eſt abſolument néceſſaire pour conſtater l'opinion publique de la colonie. Toutes les raiſons de juſtice & de convenance concourent ici pour l'obtenir, avec la demande formelle du principal accuſé, & le vœu au moins apparent de ſes adverſaires.

Il exiſte à Tabago une aſſemblée coloniale inſtituée en vertu des décrets de l'Aſſemblée nationale : pluſieurs tribunaux y ont rendu des jugemens qui ſont attaqués. Beaucoup d'habitans propriétaires ſont intéreſſés dans les plaintes, qui n'ont l'air d'être dirigées que contre le commandant en chef. Toute la colonie eſt miſe en ſcène ; c'eſt ſon nom qu'on emprunte, ſon *intérêt* qu'on défend, ſon *honneur* qu'on veut venger (premier mémoire du ſieur Boſq.) De ſi grands objets ne peuvent ſe décider ſans ſon intervention, qui eſt plus importante & plus déciſive que celle de M. de Chancel. C'eſt vraiment à elle à s'expliquer, par l'organe de ſon aſſemblée repréſentative, de ſes tribunaux, des parties intéreſſées, des habitans domiciliés & propriétaires. Sans ce préalable il eſt impoſſible que l'Aſſemblée nationale puiſſe prononcer ſur tant de faits, paſſés à une ſi grande diſtance, dont les uns ſont conteſtés, les autres tronqués ou mal prouvés.

La famille du commandant de Tabago a donc tout lieu d'eſpérer que cet officier ne ſera pas jugé ſans être entendu ; & qu'après avoir été victime de l'incendie occasionné par des factieux, il ne le sera pas de leurs complots & de leurs calomnies.

Il ne nous reste qu'une observation à faire sur l'arrêté des trente sections de Paris, tendant à dénoncer M. Jobal à l'Assemblée nationale, comme criminel de lèse-nation. Cette démarche ne conduit-elle pas à la plus dangereuse de toutes les anarchies ? N'altère-t-elle pas la pureté de notre sainte liberté ? Et ne frappe-t-elle pas du fléau cruel de la destruction, notre constitution célèbre dans ses bases ? Quoi ! les administrateurs du plus grand corps populaire de l'Europe, les administrateurs de cette partie précieuse du peuple dont la sainte insurrection a fait voler l'étincelle sacrée de la liberté dans tout le royaume, osent publier une opinion, & porter un vœu formel aux représentans de la nation, pour seconder des vues particulières d'individus isolés, dont ils ne connoissent ni les mœurs ni la conduite, & tendant à flétrir la réputation d'un citoyen honnête, sans l'avoir entendu ! N'est-ce pas fournir aux ennemis de la révolution le prétexte de publier que nos législateurs ne délibèrent pas librement ? Et quels reproches n'auront pas à se faire les trente sections de Paris, lorsqu'elles apprendront qu'elles ont été trompées ? Si leur influence a causé quelques dangereuses erreurs, si leur provocation étonnante dans la France libre a entraîné des pertes & des malheurs, les répareront-elles ? Des citoyens sont opprimés & demandent vengeance pour eux-mêmes & pour la nation entière ; nous devons les protéger. Voilà l'étrange fyftême des fections de Paris, & le but de leur arrêté. Mais ces mêmes citoyens ont porté leurs plaintes à l'Affemblée nationale; un comité s'en occupe. N'eft-ce pas faire une injuftice au corps légiflatif, que de fuppofer qu'il a befoin de l'appui des fections pour rendre juftice aux citoyens qui ont recours à fon autorité? Qu'elles daignent réfléchir férieufement fur les fonctions qui leur font déléguées par le corps conftituant. Qu'elles voient les écarts que peuvent entraîner leurs fuffrages, fous leur véritable afpect. Enfin, qu'elles confidèrent que toute la France a les yeux ouverts fur Paris; que cette capitale, qui a donné l'exemple de cette énergie précieufe qui a régénéré l'empire françois, doit à la France la févére obfervation de fes devoirs. Et nous ofons croire qu'elles reconnoîtront elles-mêmes qu'elles ont excédé leurs pouvoirs, & bientôt elles feront convaincues qu'elles ont été égarées par un zèle trop ardent pour la chofe publique, fur la foi de ces hommes qui, fous le mafque du patriotifme, ne fe conduifent que par la faction & l'intrigue.

Signé J O B A L.

www.ingramcontent.com/pod-product-compliance
Ingram Content Group UK Ltd.
Pitfield, Milton Keynes, MK11 3LW, UK
UKHW020138080726
13614UKWH00005B/2304